Escape de La Villa

Decisión

Hamit Peña Sierra

Quiero dedicar este libro a Dios, mi fuente
única de inspiración. Sin ti nada de esto sería
posible, te amo infinitamente.

A mi familia, mi esposa e hijos quienes me
han apoyado y seguido en cada locura que se
me ha ocurrido en la vida. Ustedes le dan
significado a cada paso que doy y agradezco
a Dios cada día por sus vidas... los amo!

A mis padres quienes me enseñaron el valor
del esfuerzo y me inculcaron el amor por la
lectura.

Contenido

Agradecimientos

A todas y cada una de las personas que se tomaron el tiempo de leer este libro cuando sólo era un proyecto, este resultado es también gracias a ustedes.

El cúmulo de fotos en la mesa se erigía como testigo irrefutable de las miles de experiencias vividas y gran cantidad de lugares visitados, Sofía observaba muy detalladamente la amplia colección, a través de sus grandes lentes, mientras caminaba lentamente por la habitación que, por muchísimos años, sus abuelos habían llenado y que ahora era el museo de toda una vida de recuerdos. Su abuela ya no estaba, la edad había hecho mella en su corazón y la hizo partir después de ochenta y dos años de vida. Su abuelo aún se movía por la casa y contaba sorprendentes historias de castillos y paisajes que parecían sacadas de cuentos de hadas, todas reales pero no por eso menos asombrosas.

Sofia, una niña de escasos nueve años, de ojos grandes, cabello largo muy lacio, y gran precocidad en sus relaciones con los adultos, era la menor de todos los nietos pero siempre estaba en primera fila de la audiencia de las historias de su abuelo.

- Allí fue donde la conocí - dijo él con el tono grave de su voz que lo caracterizó desde muy joven, mientras ella observaba con detalle una vieja fotografía de una niña
- ¿A la abuela? - respondió Sofia vislumbrando el comienzo de una nueva historia

El lugar era el usual, y ella lo conocía a la perfección. Tomó la foto en sus manos, caminó hacia la sala con su acostumbrado andar delicado, en el que cada paso parecía calculado para dar la sensación que flotaba en lugar de tocar el suelo, y se sentó frente a la vieja butaca, su abuelo, que se encontraba sentado en el rincón donde solía apaciguar el ímpetu de sus pensamientos al suave pero ruidoso vaivén de la mecedora, la miró de reojo arqueando enormemente su ceja derecha, en un gesto muy característico de los miembros de su familia, ella le devolvió el mismo gesto y él entendió que ya no podía evadir el momento.

Tomó el bastón, que solía colgar en un brazo de la mecedora para evitar olvidarlo aunque aún así lo hacía muy seguido, lo sujetó firmemente entre sus manos y con un amplio suspiro dio inicio a su travesía hacia el púlpito de sus asombrosas historias.

II

La masa de gente caminaba con resignación hacia sus labores diarias, mostrando sincronía en sus gestos de cansancio e inconformidad, y se perdía al poco tiempo en el horizonte, mientras él miraba atento por la ventana tratando de entender las razones de esta danza zombie.

La noche anterior había sido terrible, entre la lucha de su cuerpo que buscaba conciliar el sueño después de un arduo día de trabajo, y su mente que no dejaba de hacer preguntas sin respuestas, pasó la mayor parte de la noche en vela y aún, después de las pocas horas de sueño logradas, se había despertado con la pesadumbre y preocupación de quien no logra resolver el más grande de sus problemas.

Eran las seis de la mañana y el día apenas despuntaba, se levantó pesadamente de su cama y salió de su cuarto buscando respirar un aire más puro que le diera claridad mental y le ayudara a despejar sus dudas, tenía claro que sentado en una cama no iba a lograr resolver sus problemas y, por mucho que quisiera quedarse durmiendo, tampoco tenía esa opción, era hora de actuar y debía hacerlo rápido porque el peligro de enloquecer ya era latente, o al menos eso pensaba. Bajó de la cama, tomó sus viejas chanclas, una toalla que acusaba un uso prolongado y poco lavado y se dirigió al baño con la esperanza que una buena ducha le permitiera despejar la tormenta que se apoderaba de su cabeza, abrió la llave, dejó correr el agua caliente por su cabeza, cerró los ojos y trató de relajarse...

Sus ojos, grandes en extremo, ocupaban la mayor parte de su cara, eran herencia de su madre, mujer valiente y de carácter fuerte, pero con un corazón extremadamente frágil y tierno, ella era la mayor de dos hermanas a las que un accidente de tránsito, de los muy pocos que han ocurrido en la historia de La Villa, les arrebató ambos padres a muy temprana edad; desde entonces se despertó en ella un espíritu protector que la llevó a velar por su hermana menor y sacar su vida adelante, con esfuerzo casi sobrehumano logró encauzar la vida díscola de su hermana, pagar los estudios de ambas y lograr estabilidad económica. Fue una tarea en exceso desgastante que la hizo perder varias etapas de su infancia y adolescencia; en ese proceso conoció al que sería el padre de sus hijos, un hombre alto y bonachón, que vivió una vida tranquila y cómoda hasta salir de la universidad donde la conoció. Fue amor a primera vista, de esos en los que ella no creía, pero al verse mutuamente supieron que estaban destinados a estar juntos el resto de su vida.

Juntos tuvieron cuatro hijos, de los cuales Sergio era el menor. Toda su vida juntos habitaron una pequeña casa cerca al centro de La Villa, un lugar tranquilo ubicado en un fértil valle, en el que los días parecían de treinta y seis horas y aun así nunca pasaba nada, sus habitantes vivían su rutina diaria con un apego tal que parecía un ritual. Aún el clima permanecía el mismo durante todo el año, ni muy frío ni muy caliente, ni un grado de diferencia si no siempre igual.

Salió de la ducha con prisa, se había relajado tanto que casi se duerme y se le pasó la hora a la que debía salir para llegar a tiempo, como pudo se vistió muy rápido y con la camisa a medio arreglar salió corriendo a buscar la guagua que lo llevaría a la oficina.

- otra vez tarde - expresó su jefe, quien solía recorrer la oficina en busca de víctimas para su reporte de tiempo.
- disculpe señor, tuve un pequeño contratiempo esta mañana - replicó Sergio algo apenado

\- si, igual que el resto de mañanas de este mes - insistió su jefe, tratando de generar reacción en él.

Él ignoró el último comentario y terminó de ingresar a su oficina, ubicada en el tercer piso de un viejo edificio que ya pedía a gritos un mantenimiento o mas bien una demolición. Había pasado el último año trabajando para esa compañía, y aunque no estaba contento, la paga era buena y le servía para mantener un nivel de vida que hasta ese momento consideraba aceptable.

\- ¿Qué te pasó Sergio? - preguntó Anna con preocupación
\- Nada en especial, solo se me hizo tarde otra vez

- El jefe pasó tres veces por acá buscándote, te tiene entre sus preferidos, intenta no darle motivo mañana
- Lo haré, gracias
- ¿todo está bien?

La pregunta había sido repetitiva durante las últimas semanas y la respuesta siempre fue la misma.

- si, solo estoy un poco cansado

Anna, ojos azules y mirada cálida, solo lo observaba con preocupación y trataba de no ser intrusiva con sus preguntas, pero él no daba muestras de mejoría.

- ¿por qué no tomas unas vacaciones?, recargas baterías y vuelves más relajado.
- ¿vacaciones?. No lo sé.

No había disfrutado vacaciones desde hacía casi cinco años. Entre los cambios de empleo y lo rígidas que eran las fechas de los proyectos en los que participó en cada empresa, no tuvo oportunidad de tomar un descanso, y cada vez que lo sugirió recibió las mismas respuestas...

- ahora no es buen momento...
- al terminar el proyecto...
- no puedes descansar ahora...
- tienes que programar las vacaciones con tiempo
- Solo los jefes tienen vacaciones..

Por eso quizás, al comenzar este trabajo, venía mentalizado en que no podía pedir descansos.

- quizás sea una buena idea, voy a pensar en ello. Gracias Anna
- de nada, medítalo y me cuentas por favor.
- listo, lo haré - respondió mientras giraba en su silla.

Tomó sus audífonos y se los puso mientras buscaba en el computador su selección de canciones preferida. Colocó el volumen en alto y trató de concentrarse en la lista de tareas que tenía pendiente. Era larga, más que los días en su Villa, y debía acabar pronto para evitar darle otra excusa a su desocupado jefe; centró su mirada en la pantalla y se dedicó a seguir la lista al pie de la letra.

Juan Salinas, su jefe, era un hombre chaparro con múltiples entradas en su pelo y gesto adusto permanente, que había dedicado toda su vida a trabajar para la misma compañía en diferentes cargos; solía hablar con orgullo de lo maravillosa que era la empresa para la que trabajaba y admiraba al punto del fanatismo a sus jefes. Por eso dedicaba cuerpo y alma a su trabajo, era el primero que llegaba en la mañana y el último en salir a altas horas de la noche. Su vida personal tenía más ruinas que el viejo edificio en que trabajaba, era divorciado, su ex-esposa lo dejó por el poco tiempo que le dedicaba a ella y a su hijo, con quien apenas mantenía contacto en la actualidad. No tenía amigos, solo colegas de trabajo y tenía más de diez años sin ir a visitar a sus padres. Su vida estaba dedicada con exclusividad al trabajo. Aunque a veces solía hablar del retiro, a sus cincuenta y ocho años esa era una idea que aún no contemplaba en su agenda, el solo pensar en estar fuera de la compañia, en la que había pasado ya más de treinta años, le producía escalofríos.

El olor de la comida se fue esparciendo lentamente por la vieja oficina hasta llenar cada rincón; era la señal, miró su reloj y se levantó de la silla con algo de prisa, las últimas horas de trabajo habían sido muy productivas, pudo evacuar la tareas más demandantes de su lista y estaba listo para tomar su hora de almuerzo. Anna, en otro intento por comprender lo que ocurría con su amigo, le había invitado a almorzar.

Tomaron cada uno su chaqueta, paraguas y salieron rápidamente de la oficina, ante la mirada impávida y molesta de su jefe, quien solía almorzar en la oficina para vigilar de cerca el tiempo que cada empleado tomaba de almuerzo.

Caminaron hasta la esquina y llegaron a un pequeño y pintoresco restaurante de comidas rápidas que se encontraba a pocos pasos del edificio donde trabajaban, Anna pidió solo una ensalada de carnes y un té, él una pequeña hamburguesa y una soda.

- Ahora si Sergio, cuéntame qué es lo que está pasando contigo, me tienes ya muy preocupada - inició Anna la conversación
- Es complicado - respondió él, mientras fijaba su mirada como tratando de

buscar en su mente una respuesta
cierta, corta y clara que le ayudase a
explicar lo que le ocurría, después de
unos segundos meditando finalmente
expresó:

- ni aún yo tengo claridad de lo que me
pasa

III

- ¿Y por qué mamá? - era la décima vez seguida que preguntaba. Su mamá se detuvo un momento a pensar y expresó con algo de resignación
- La verdad, no lo sé Sergio.
- ¿Y entonces por qué lo hacemos?
- Es simplemente lo que todos hacen- respondió alterada su madre.

Los días en La Villa eran en extremo tranquilos, él dividía su amplia disponibilidad de tiempo entre la escuela, sus deberes en la casa y el juego. Le gustaba mucho el fútbol y aunque no era muy bueno en su práctica, se divertía muchísimo al jugarlo, como la mayoría de los niños que conocía. En la escuela le iba muy bien, pero no era nada popular entre sus compañeros y su curiosidad solía desbordar la paciencia de muchos de sus profesores, que en ocasiones se quedaban sin respuestas al ver su enseñanza cuestionada. Algunos habían incluso comentado a sus padres sobre su curiosidad como algo fuera de lo normal y otros hasta sugirieron llevarlo a un médico para tratar ese "problemita".

Entre sus hermanos tampoco gozaba de popularidad, Andrés, el mayor de ellos, era quien más paciencia le tenía y con quien mejor se llevaba; sin embargo era el más opuesto a él en personalidad y carácter.

Andrés era un chico obsesivo con el orden, extremadamente rígido y que siempre cumplía las reglas al pie de la letra, y quien desde muy pequeño logró encajar en una sociedad que parecía diseñada por él, aun en el colegio mostró como dominaba a la perfección el arte, si se puede llamar así, de hacer justo lo que se esperaba de él. Jamás se le escuchó preguntar razones o llevar la contraria a una persona mayor, aun cuando no estuviese de acuerdo, él siempre obedeció sin pensar ni preguntar y eso le hizo ganar los afectos de sus mayores, que siempre lo pusieron como ejemplo a los otros niños. Siete años mayor que Sergio, Andrés solía aconsejar a su hermano menor sobre la necesidad de ser obedientes ciegamente sin cuestionar las razones ni motivaciones de los adultos, y cómo seguir la corriente y comportamientos de los demás era clave para lo que él consideraba éxito. Sergio solo lo escuchaba detenidamente sin comprender, pero asentía para no perder el "favor" de su hermano.

- ¿Como te fue hoy en la escuela? - Preguntó su madre mientras le ayudaba a servir la ensalada
- Pues...
- Mamá yo ya entregué las invitaciones a mis compañeros de clase, todos me confirmaron que vendrán - Interrumpió Veronique, refiriéndose a su próxima fiesta de quince años.
- Ok Vero, pero déjame escuchar la respuesta de Sergio - replicó su madre
- Bien... - intentó responder Sergio

- También estuvimos ensayando la coreografía para la presentación de la próxima semana - insistió nuevamente Veronique.

Veronique, su hermana, la única mujer de los cuatro, era una niña caprichosa y consentida, que pasaba las horas buscando cosas que hacer para seguir siendo el "centro de atención" de todas las miradas. Los cursos de baile, canto y poesía, en los que invertía gran parte de su día, había sido su solicitud a sus padres con el fin de tener "más herramientas" para su objetivo. En el colegio era la niña más popular de su clase y solía participar en cuanta actividad pública existía. A Sergio solía evitarlo en la escuela, pues poco ayudaba a su popularidad ser hermana de un nerd, y en la casa era poco el tiempo que se veían, pero ella era una de las primeras que huía cuando él comenzaba con sus sesiones de intensa curiosidad.

- Nadie te preguntó, el mundo no gira a tu alrededor - irrumpió Joseph con evidente molestia.

Joseph era el más contemporáneo de sus hermanos, solo era mayor que él por dos años, sin embargo en personalidad y carácter eran dos mundos apartes, Joseph era retraído y conflictivo, parecía disfrutar llevando la contraria siempre, y a pesar de mostrar ser muy inteligente, siempre tuvo inconvenientes en la escuela por cuenta de su carácter. Eso lo hizo convertirse, con el paso de los años, en víctima vitalicia del universo, pues solía pensar que todo lo que le pasaba era a causas y factores siempre externos a él. Al igual que Sergio, disfrutaba jugando fútbol con sus amigos, pero le costaba arduo trabajo aceptar las derrotas y estas casi siempre solían terminar en acusaciones de trampa o incluso en peleas.

- Por favor no discutan en la mesa, no es el lugar ni hay motivos. Cenemos en paz - intentó calmar los ánimos su madre
- ¿Mamá dónde está papá? - Preguntó Sergio, mientras sus hermanos se mostraban prevenidos ante lo que parecía ser el comienzo de un nuevo interrogatorio.
- Trabajando Sergio. Hoy tuvo un contratiempo y va a llegar más tarde, pero no debe demorar - respondió su madre

Su padre, que se llamaba Andrés, igual que su hermano mayor, era alegre y muy afectivo, pero las obligaciones y lo demandante de su trabajo le habían hecho perder muchas etapas de la infancia de sus hijos, trabajaba largas horas y hasta muy entrada la noche. Y en la mañana solía salir muy temprano a sus labores. Por eso entre semana era poco el tiempo que podía disfrutar con ellos. Tenía ya quince años en la compañía en la que trabajaba como jefe de operaciones, y sus labores allí cada día eran más absorbentes y demandaban más de su tiempo familiar.

- ¿Por qué siempre se le presentan contratiempos? - Insistió Sergio

- Y empezamos con el show de preguntas - susurró con ironía Veronique

- Sergio su trabajo demanda mucho esfuerzo, por eso le toca quedarse hasta tarde a veces

- Pero es muy frecuente, ¿algún día va a tener descanso?

- Eso esperamos, ya solicitó vacaciones aunque está a espera que su jefe le apruebe

- ¿Y por qué tiene que esperar que lo dejen descansar?

- Es el proceso que se debe seguir en toda empresa para solicitar vacaciones hijo

- ¿O sea que si su jefe no quiere no puede descansar? ¿Es acaso su jefe quien decide que puede o no hacer?

¿Y por qué todas las personas aceptan que otro decida por ellos cuando pueden o deben descansar? ¿Son acaso esclavos?

- YAAAAAAAAAA, no más preguntas - alzó la voz Veronique

- Tranquila Veronique - contestó su madre, que intentaba mantener la calma y la paciencia ante el incómodo interrogatorio de su hijo

- Sergio es el ciclo de la vida, debemos trabajar y sujetarnos a las directivas y políticas que rigen una empresa si queremos laborar en ella

- Pero es prácticamente negociar la libertad a cambio de dinero. ¿Cómo nadie ha peleado contra eso?

- Hay personas que han luchado para mejorar las condiciones de trabajo en todo el mundo. Pero hay cosas que no se pueden cambiar, como el tener que someterse a ciertas reglas

- ¿Pero por qué mamá?

Su madre hasta ese momento notó que Joseph y Veronique se habían levantado sigilosamente de la mesa hacia sus respectivos cuartos. Sergio continuó haciéndole preguntas mientras ella intentaba mantener la calma y la paciencia.

- Sergio es solo el ciclo de la vida, algún día tendrás que trabajar y regirte por ciertas reglas
- ¿Y por qué mamá? - era la décima vez seguida que preguntaba. Su mamá se detuvo un momento a pensar y expresó con algo de resignación

- La verdad, no lo sé Sergio.

- ¿Y entonces por qué lo hacemos?

- Es simplemente lo que todos hacen-
respondió alterada su madre.

En ese momento su padre entró a la casa,
eran ya más de las 9 de la noche y el
cansancio hacía mella en su expresión facial.
Sus ojos se veían pequeños y rodeados de
grandes y pronunciadas ojeras que lo hacían
ver mayor de lo que era.

Al verlo, Sergio sintió pena y compasión por
él. Se le acercó, lo abrazó fuertemente y solo
pudo decir:

- Hasta Mañana papá. Intentaré
descansar ahora y partió con
resignación a su cuarto

IV

Se levantó lentamente de la silla y, acusando
el cansancio acumulado por años, caminó
pesadamente en su dirección, su nieta lo
miraba sin perder detalle. Escasos cinco
metros lo separaban de su destino pero al
ritmo al que se movía cada paso parecía
durar un día completo de los de La Villa; a
sus noventa años, caminar era cada vez más
una aventura en la que se podía perder la
noción del tiempo. Avanzó arrastrando los
pies hasta la vieja butaca y al llegar a ella
comenzó a doblar su cuerpo con mucho
cuidado mientras sus articulaciones hacían
más ruido que la destartalada mecedora de
la sala; con el apoyo de su bastón y la pared,

logró acercarse hasta estar a sólo cinco centímetros por encima de la butaca, donde finalmente dejó caer su pesado cuerpo.

Suspiró, miró a su nieta, esbozó una sonrisa en su rostro y comenzó su relato contando cómo la conoció

- A mis doce años no había visto ojos tan lindos hasta ese día en la fiesta de cumpleaños número quince de mi hermana, eran de un azul oscuro increíble, rodeados de pestañas que eran como escaleras que te hacían subir al cielo de solo verlas y, en el cielo, sus cejas coronaban el marco perfecto de la mirada más hermosa que jamás he visto. En ese momento supe que no podría olvidarla.

- Abuelo, interrumpió su nieta, pero mi abuela no tenía los ojos azules

Él continuó su relato, sin prestar atención.

- Nos hicimos amigos y juntos vivimos varios años de sueños y aventuras. Queríamos comernos el mundo, soñábamos con viajar por todo el planeta, conociendo diferentes culturas y modos de vivir, experimentando la libertad de quien vuela solo por el placer de hacerlo, sin pensar en lo que deja en tierra, sin temores. Pasábamos tardes enteras en una colina a las afueras de La Villa, imaginando cómo sería vivir una vida totalmente diferente a la que habíamos conocido, en la que experimentar la verdadera emoción de vivir, alejados de la monotonía que veíamos en la vida de nuestros padres. Fueron momentos mágicos... A los dieciséis le pedí que fuera mi novia, creo que me demoré mucho porque yo la amaba desde el primer segundo de conocerla. Ella aceptó y de novios duramos casi dos años, porque a los dieciocho sus padres se divorciaron y su madre se mudó de La Villa, llevándola consigo.

- Abuelo y ¿qué hiciste?

- Morí por dentro hija... solo eso.

- Clavó su mirada en la ventana, con un aire de nostalgia y el tiempo le pareció volver a ese momento en que se separó de ella, siempre se preguntó cómo serían las cosas si no hubiese partido aquel día...

- Abuelo, abuelo

- El llamado de su nieta lo devolvió al presente. Continuó su relato

- Al principio intentamos mantener el contacto, entre cartas y unas cuantas llamadas telefónicas juramos reunirnos algún día no muy lejano. Su papá continuó viviendo unos meses en la villa, lo que me daba esperanzas de verla. Pero al sexto mes el se mudó también. Con el pasar del tiempo fue muriendo poco a poco esa esperanza de volvernos a ver. Las cartas se hicieron cada vez más esporádicas y no hubo más llamadas

- ¿No la volviste a ver?, preguntó su nieta con algo de curiosidad.

- Con el pasar del tiempo fui borrando cada cosa que me la recordaba, perdí su número de teléfono, las cartas, Y me fui a estudiar a la universidad fuera de La Villa, en la capital, olvidé mis sueños con ella y me uní a la danza de la rutina diaria que todo el mundo sigue. Pocas veces volví a La Villa. Aun en vacaciones prefería quedarme en la gran ciudad, quizás por evitar guardar alguna esperanza, quizás por olvidar lo que habíamos vivido o solo por olvidarla a ella...

- ¿Alguna vez la viste de nuevo? - insistió su nieta que difícilmente olvidaba una pregunta formulada
- Terminé la universidad y conseguí trabajo muy rápido, lo cual me ayudó a permanecer en la ciudad. Logré mantenerme trabajando a pesar de cambiar de empresa varias veces. Cambiaba por buscar mejores

oportunidades, un ambiente más tranquilo. Me había propuesto entonces lograr ascender puestos en una empresa que me ofreciera estabilidad y buen salario, pero muy dentro de mí sabía que aún con eso no me iba a sentir realizado, muy en el fondo aun era ese adolescente que contemplaba la idea de cumplir los sueños que habíamos soñado juntos.

- Querías volverla a ver! ¿Algún día lo hiciste? - volvió a insistir su nieta

- Ese día tenía una entrevista en otra empresa y había pedido permiso para poder asistir aduciendo que tenía una cita médica de control. Me acerqué al viejo edificio del centro donde quedaba la sede principal y, después de anunciarme en la recepción, fui conducido a una sala donde se desarrollaría la entrevista, aun recuerdo el olor característico de ese lugar, era una mezcla entre pintura fresca y un muy fuerte olor a sopa de legumbres. Esperé por casi diez minutos hasta que un hombre chaparro y con múltiples entradas ingresó a la sala disculpándose por el retraso...

- ¿Entonces no la volviste a ver? - la pregunta era repetitiva en su nieta y la curiosidad ya le desbordaba

Él volvió la mirada hacia ella y le dijo suavemente

- Verás hija, a veces la vida es como un tren, y cada persona que se sube a tu vida tiene su estación de llegada, muchas personas suben pero muy pocas permanecen a lo largo de tu viaje, sin embargo hay unas personas, muy pocas y raras, que bajan de tu tren pero vuelven a subir mas adelante...

- La volviste a ver! - gritó con emoción su nieta

- Al levantarme de mi asiento para saludar note que detrás del hombre chaparro venia Anna, la niña de ojos azules y mirada celestial que volvía a subir al tren de mi vida.

V

- ¿Cómo así? yo pensé que era un problema económico o de pronto alguno sentimental lo que te tenía tan distraído y preocupado - expresó Anna intentando comprender lo que sucedía con su amigo
- No, ninguno de los dos. Es solo que... no sé, siento que no he hecho nada importante en la vida, y que lo que hago actualmente no tiene sentido - respondió él
- ¿A qué te refieres? ¿el trabajo? Podrías buscar otro quizás...
- No, eso ya lo he pensado y explorado pero siento que sería seguir en lo

mismo, siento que vivo una vida calcada al resto de la gente... me despierto en la mañana, voy al trabajo todo el día, regreso en la noche cansado, y me acuesto para repetir el proceso al día siguiente; realmente no estoy haciendo nada para dejar huella

- ¿Dejar huella? hablas como mi abuelo. Es el ciclo de la vida Sergio, ya llegará el momento de jubilarse y hacer con tu tiempo lo que quieras

- Eso es lo que todos me dicen pero, no creo que yo pueda esperar tanto tiempo y seguir aplazando mis sueños.

- Pero, no puedes dejar de trabajar, ya no somos niños Sergio para andar soñando despiertos, y esta no es La Villa

Después de su reencuentro, del que había pasado varios meses ya, ella nunca había mencionado nada sobre los momentos que compartieron siendo adolescentes en La Villa, el tema era casi un tabú entre ellos

- Yo pensé que no te acordabas de esos días - expresó él con algo de ironía
- No podría olvidarlos, han sido los mejores días de mi vida hasta ahora - respondió ella un poco apenada.

Los días que siguieron a la partida de Anna de la Villa fueron muy difíciles para ella. Su madre decidió huir a escondidas la madrugada después de enterarse que su esposo la había sido infiel con otra mujer, la rabia y la vergüenza que sentía de ser la última persona de la villa en enterarse la hicieron tomar la decisión más radical de su vida.

Tomó una pocas pertenencias y salió con Anna casi a tientas de la casa. Anna, pensando que era solo una situación temporal, no puso resistencia alguna a la idea de su madre. Salieron sin rumbo definido, al llegar a la terminal compraron el primer viaje que encontraron, una guagua, que recorría medio país y llegaba a más de quince ciudades y villas en su recorrido, las llevaría rumbo a su nueva vida en la capital, donde su madre tenía una tía que era viuda. Su padre, un hombre joven y muy apuesto, no conocía la existencia de esa familiar en la capital por lo que dio aviso a la policía y se inició una búsqueda por gran parte del país, una diligencia lenta y desgastante que lo llevó a la desesperación; fueron seis meses sin tener noticias de su esposa e hija, seis meses que le parecieron años.

Durante ese tiempo y a escondidas de su madre, Anna le enviaba cartas e hizo unas pocas llamadas a Sergio con la esperanza de reencontrarse pronto; esperanza que fue muriendo con el pasar del tiempo. Ella inició estudios en una universidad nocturna y consiguió un trabajo haciendo oficios varios en un restaurante durante el día, la vida le cambió del cielo a la tierra, del tranquilo y lento trasegar de la villa, pasó al frenesí insaciable de la capital.

Cuando su padre por fin se enteró donde vivían, partió de la villa rumbo a la capital. Al reencontrarse, Anna vio en su papá a un hombre viejo y cansado, con menos cabello y más marcas en su expresión, sin la fuerza y vitalidad que tanto lo había caracterizado en el pasado, al que la desesperación le había cobrado una factura impagable. Nunca volvieron a La Villa, su padre se quedó en la capital para estar cerca de su hija, su madre no quiso jamás volver a la villa y Anna, Anna solo se dejó llevar.

Pasaron pocos segundos de incomodidad, en los que el reloj pareció moverse al ritmo de la Villa, ella, sonrojada, no sabía que decir y él, en un intento por desviar la atención del momento incómodo, interrumpió el silencio volviendo a hablar del tema que tanto le preocupaba esos días.

- A veces pienso que me estoy volviendo loco por pensar de esta manera - retomó el tema Sergio

- Yo creo que lo que necesitas es vacaciones, descansar y desconectarte por un tiempo del ritmo de vida que llevas. Eso te puede ayudar mucho.

- Si. Puede ser, pero aun creo que esa no sería una solución definitiva. Anna es que vivo mi vida aplazando la felicidad, aplazo el descanso de la semana hasta cada viernes, el del trabajo hasta el periodo de vacaciones, el disfrutar de la vida hasta jubilarme... Y la verdad es que la vida no se detiene a esperar mis tiempos, sigue su curso normal y los aplazamientos se van convirtiendo en oportunidades perdidas que muchas veces no vuelven. Yo disfrute con demasía cada momento que vivimos juntos en La Villa, pero aplacé los sueños que soñamos hasta verte otra vez, aplacé la felicidad hasta estar junto a ti, y aplacé el amor hasta reencontrarme contigo y tu ahora te vas a casar y no hay nada que pueda hacer al respecto, es otro tren que pasa de mi vida y deja a su paso muchísimas oportunidades perdidas

Ella bajó la cabeza muy apenada por la declaración de Sergio. Miró su reloj y dijo en un tono muy suave

-   Es hora de volver ya estamos quince minutos tarde

Él se limitó a asentir con la cabeza.

Caminaron juntos y en silencio en dirección al viejo edificio de pronunciadas ruinas donde trabajaban, ese que a él cada día más le parecía una cárcel de sus sueños.

VI

La declaración había llenado de emoción a su nieta que cada vez más se dejaba llevar por la historia

- Abuelo y ¿qué hiciste cuando la viste?
- Hija quede completamente inmóvil, para mi era volver a abrir una puerta en mi vida que parecía ya sellada. No sólo en cuanto al sentimiento que tenía por ella; pero también en cuanto a los sueños que imaginamos cuando adolescentes. Fue una época maravillosa la que viví a su lado y después que partió, con ella se habían ido todos mis deseos de vivir esa vida que soñamos. Traté de contenerme, la saludé guardando la

compostura que el momento y lugar demandaban e intenté concentrarme en la entrevista, pero el resto de la misma no recuerdo sobre que me preguntaron ni como contesté. Mi mente no dejaba de cavilar en función de ella.

- Y ella, ¿cómo reaccionó?
- Su reacción fue de sorpresa, pues aunque ya sabía el nombre del candidato que iban a entrevistar, no se esperaba que fuese precisamente yo. Sin embargo en medio de su sorpresa la noté algo distante o al menos no tan emocionada como estaba yo.
- Y ¿qué pasó después?
- Al terminar la entrevista ella solicitó permiso a su jefe para salir y nos

encontramos a las afueras de ese edificio. Nos abrazamos fuertemente, yo la abracé con ganas de no soltarla nunca más, ella en cambio fue más reservada en su expresión. Como sabía que no teníamos mucho tiempo para hablar ahí, le pedí que nos encontráramos esa noche para conversar, ella me dijo que no podía que tenía clases todas las noches después del trabajo, y acordamos entonces vernos el sábado temprano.

- ¿Hasta el sábado? Pero, ¿qué día fue la entrevista?

- Era martes. Como habrás notado ya, normalmente la distancia del martes al sábado son cuatro días. Esa semana pasaron alrededor de quince días solo entre martes y viernes, al parecer la tierra disminuyó la velocidad con la que gira sobre su eje y alrededor del sol. Fue un fenómeno muy raro e imperceptible por los instrumentos de la ciencia de ese momento; pero yo lo sufrí cada segundo de esa larguísima semana.

- ¿Quince días entre martes y viernes? - su nieta lo miró con un gesto de profunda incredulidad

El se sonrió y aclaró diciendo

- Bueno también pudo ser que esa fue solo mi percepción. Lo cierto es que fue la semana más larga de mi vida. Durante ese tiempo un fenómeno muy raro empezó a ocurrir en mi mente. Mientras recordaba todos los momentos que viví junto a ella y los sueños de libertad que imaginamos, empecé a notar que mi vida actual era todo lo opuesto a eso. Como te contaba, yo había logrado mantenerme trabajando casi desde que salí de la universidad y cumplía al pie de la letra con el libreto de empleado, trabajando 8 o más horas por día sentado en una oficina, viviendo días calcados entre lunes y viernes, soñando con el viernes desde el lunes y con mis quince días de vacaciones anuales durante todo el año, sin realmente llegar a disfrutar nunca de esos períodos de descanso. En resumen, yo era todo lo que se pedía de un buen empleado, pero al verme en el espejo de mis sueños de juventud, me vi atado, con cadenas alrededor de mi cuello y manos, viviendo de la manera que mis amos pedían, me vi como un esclavo, viviendo la vida que tantas veces critiqué en mi padre.

Cuando por fin llegó el día de vernos yo no cabía en mi cuerpo   de la emoción que sentía, había pasado cada segundo repasando en mi mente todo lo que quería decirle

- ¿Donde se encontraron?

- Fuimos a un parque que tenía una terraza con hermosa vista de la ciudad. Tuvimos una gran charla, de alrededor de tres horas, en la que nos pusimos al día en nuestras vidas. Me contó lo dificil que había sido para ella dejar la vida que tenían en La Villa, el cambio drástico que sufrió en su rutina, y lo mucho que eso la ayudó a madurar y crecer. Me dijo que sus padres nunca volvieron a estar juntos a pesar de intentarlo en un par de ocasiones, pero su madre nunca pudo olvidar la humillación que sintió por todo lo sucedido en La Villa. Al final su padre desistió y comenzó una nueva familia con una mujer que conoció, años después, y con quien hacía unos meses atrás había tenido un hijo. Yo la miraba concentrado en todo lo que me decía, era aún increíble para mi verla ahí delante mío después de tantos años, era como un sueño.

Después fue mi turno de contarle sobre mi vida, ella escuchó atenta cada detalle que le dije, pero noté que había algo que la perturbaba, una declaración que estaba por cambiar mi emoción.

- ¿Qué te dijo? ¿Qué era?
- Yo interrumpí mi relato para preguntarle qué la tenía tan inquieta, ella me miró por unos segundos mientras apretaba sus labios con fuerza. Hay algo que no te conté, me dijo sin levantar la mirada. Conocí a alguien hace un tiempo, me enamoré y tenemos planes de casarnos dentro de un año

VII

Su nieta estaba perpleja, y no terminaba de procesar el último giro de la historia de su abuelo.

- Trabajar, trabajar y más trabajar; los días pasaban uno tras otro, y cada dia demandaba repetir la misma rutina, sin variaciones ni improvisaciones, cumpliendo al pie de la letra con el libreto del buen empleado, aguardando por los años buenos que vendrían al retirarme. Ese había sido el resumen de mi vida hasta ese momento. Mis pocos amigos eran del trabajo, yo había centrado mi vida en mi ocupación y había descuidado por completo todo lo demás. Tenía años sin ir a La Villa y había cortado relación con todo lo que de una u otra manera me recordaba a ella. Todo con el fin de no crear falsas esperanzas e ilusiones en mi. Pero al verla, fue como si en algún lugar aún guardara todo y saliera a flote. Volví a pensar en mis sueños y a sentir esperanza del futuro... hasta ese momento en que me dijo que estaba por casarse.

Su nieta seguía sin reaccionar. Estaba atónita!!

- Yo quedé exactamente así como estás tu ahora hija, completamente perplejo, en shock. Fue un momento realmente incómodo, bajé un momento la mirada y, después de unos pocos segundos que parecieron eternos, logré decir una de esas frases cliché que suelen ser usadas en situaciones difíciles de llevar... "lo importante es que tu seas feliz, tu felicidad es mi felicidad"

Su nieta, que ya comenzaba a reaccionar, le miró con un gesto de profunda incomprensión

- Fue lo primero que se me vino a la mente hija, y ella respondió con un tímido "gracias"

    Esa fue la última vez que hablamos del tema en mucho tiempo, al igual que nuestras vivencias de adolescentes en la villa, el asunto se convirtió en un tabú entre nosotros.

- Y ¿se volvieron a encontrar?, preguntó su nieta que comenzaba a reaccionar de su estado de shock.

- A los pocos días me llamó , "el trabajo es tuyo", me dijo adelantándose a la noticia que recibiría más tarde el mismo día. Así que sí, hija, nos volvimos a ver y muy seguido, puesto que el trabajo era en el mismo departamento donde ella laboraba.

- Abuelo, debió ser muy incómodo.

- Lo fue, de un momento a otro pasé de no saber nada de ella, a verla a diario entre semana y trabajar juntos a pocos pasos, pero aun así nada había cambiado, yo seguía sin poder estar junto a ella así compartiéramos ahora un mismo lugar de trabajo.

- ¿Te dijo algo más ese día que se vieron?

- Veintiséis de octubre, me dijo poco antes de despedirnos, como anticipando una de las muchas preguntas que tenía en mi cabeza

- ¿Veintiséis de octubre?

- Si, la fecha de su matrimonio.
  Alrededor de trece meses de agonía
  tendría aún por delante.

- ¿Qué más te dijo?

- Poco y nada, el momento era realmente
  incómodo, yo cambié el tema y le hice
  preguntas sobre su trabajo y la
  oportunidad que tenía, hasta ese
  momento sin confirmar, de trabajar
  junto a ella. Terminamos de hablar y
  caminamos en dirección de la estación
  donde ella tomaría su tren. Nos
  despedimos con un tímido abrazo y
  prometimos no perder el contacto aun
  si no lograba obtener el trabajo; ella
  tomó el tren en dirección opuesta al
  mío y vi como se alejaba con prisa de

la estación... justo como lo hacía de mi
vida nuevamente.

VIII

- La verdad no se como comenzó todo,
ni en qué momento empecé a correr en
esa desenfrenada competencia, solo
sé que cuando quise reaccionar ya me
encontraba rodeado por la carrera,
abrí los ojos y me vi sentado en una
guagua repleta de personas de traje
que no paraba de mirar el reloj con
evidentes signos de desesperación,
bajaron todos en la misma parada y
comenzaron a moverse en la calle al
ritmo frenético del tiempo en la
capital, sincronizados, corriendo por lo
que ellos consideraban vida. Y yo
estaba allí, en medio de todos,

tratando de detenerme pero siendo arrastrado por la multitud.

Nadie sabía para donde se dirigía ni por qué estaban ahí, pero tampoco se preguntaban razones ni motivos, solo se dedicaban a seguir la corriente, me volteé al entender el sinsentido de esa carrera e intenté buscar la salida en sentido opuesto, pero la multitud se ensañó conmigo y entre mas fuerza hacia por salir más fuerte me arrastraba y más violenta se tornaba la escena, poco a poco fui siendo sumergido en el arroyo de gente hasta quedar sin aliento y sentir que incluso el aire me faltaba, con desesperación empecé a luchar con más fuerzas y cuando sentía que estaba a punto de desfallecer... desperté sudoroso en mi habitación, con el ritmo cardíaco acelerado y la respiración muy agitada y, aún sin terminar de superar la escena, miré por la ventana y lo vi por primera vez.

¿Cuántas veces me había asomado por esa ventana antes a esa misma hora?, no lo sé, pero solo hasta ese día vi la multitud frenética que estaba en mi sueño, caminando con desespero en la calle, todos vestidos de manera similar y moviéndose sincronizadamente por la avenida, como quien corre desesperado en busca de aliento, en busca de vida.

La escena se repitió a diario en mi ventana, generando en mí un gran desespero al notar que yo seguía ese mismo patrón, y que tendría aún por delante alrededor de treinta y cinco años más en los que lo debería seguir repitiendo cada día.

Los días pasaban a un ritmo extremadamente acelerado, y la vida, mi vida, seguía su curso predecible, de ocho a seis cada día; de lunes a viernes y hasta algunos sábados. Caminando al compás de la multitud, siguiendo la corriente. Pero en mi mente crecía la idea y el deseo de salir, de dar el salto a otra cosa, de vivir esa vida que soñé de niño junto a ella. Anna ya no estaba, aunque a diario nos veíamos, era inevitable pensar en que pronto se casaría y terminaría de perderla, ya habían pasado diez meses desde aquel día en que me confesó que estaba por casarse.

- ¿Nunca volvieron a hablar del tema? - preguntó su nieta

- Como te contaba yo estaba cada día más desesperado al ver como mi rutina consumía poco a poco mis sueños, mi motivación estaba por el suelo también. Comencé a llegar tarde a la oficina y ganarme amonestaciones de mi insoportable jefe. Anna intentó varias veces descifrar el enigma de mi nuevo y extraño comportamiento pero aún para mi no era cien por ciento claro todo aquello.

Un día accedí a hablar del tema con ella y platicamos un largo rato. Ese día me desahogue, le dije como sentía que la vida y las oportunidades se me iban escurriendo a cada segundo de mi calcada rutina diaria, e incluso como había perdido mi oportunidad con ella por sentarme a esperar algo que nunca llegó. Ella me aconsejó tomar vacaciones recargar baterías y volver... pero, ese era uno de mis problemas, yo no quería volver, para mi ya el trabajo, la rutina y el vivir aplazando cosas se habían convertido en una prisión en la que no quería seguir.

- Y ¿qué hiciste abuelo?

- Llevaba días pensando mis opciones, tratando de descifrar con exactitud toda mi inconformidad y buscando con desespero una manera de salir de ese estado, su consejo no me daba una solución definitiva pero al menos me daba tiempo para pensar, cambiar de ambiente y aclarar mis ideas, así que lo seguí. Solicité dos semanas de vacaciones, tomé un morral, mi cámara de fotos, y salí sin rumbo fijo, pero con la idea firme de hallar eso que sabía que le faltaba a mi vida.

- ¿A donde fuiste?

- Mi primer destino fue Argentina pero no fue el único, hice un tour por varios países del Sur de América, conocí lugares increíbles. A la semana de estar allá supe que no volvería, al menos no a vivir la misma vida, para mi fue un despertar y abrir los ojos a mi realidad soñada.

- Cumplidas las dos semanas envié mi carta de renuncia y estuve tres meses fuera del país, recorriendo paisajes increíbles, conociendo y viviendo culturas muy diferentes a la mía. Alimentando mi espíritu de aventura, buscando eso que había perdido cuando ella dejó La Villa.

- ¿Y tu inconformidad abuelo? ¿Lograste resolverla?

- Si hija, ese fue el comienzo de otra vida para mi.

Cuando somos niños miramos la vida como un viaje emocionante en el que cada día aprendemos nuevas cosas, cada aprendizaje lo vemos y vivimos como una aventura, todo es nuevo y maravilloso para nosotros y lo disfrutamos al máximo; pero con el tiempo se nos enseña a perder esa capacidad de asombro y ese deseo de aventura, es casi como que nos obligan a entrar en un modelo prefabricado y exacto en el que no hay espacio para ser diferente, todos debemos encajar, acomodarnos y seguir la corriente; y para hacerlo tenemos que seguir los patrones de comportamiento ya preestablecidos, si algún osado intenta romper o modificar el molde y salir del paradigma es tildado de rebelde o incluso loco.

Yo enloquecí, decidí romper la regla y dejar de ser esclavo de mi propio tiempo, nunca más volví a seguir la corriente ni a dejar que otros decidieran cuando podía disfrutar mi existencia. Renuncié a esa vida, renuncié a vivir en función de un futuro que cada vez se tornaba más lejano y corto, tomé mi morral cargado de sueños y di el salto.

A los tres meses volví a mi país y regresé a La Villa, un Veinticinco de octubre; saludé a mi familia, dejé mis pertenencias en casa y subí a la colina donde solía ir de adolescente a soñar junto a Anna... y justo allí estaba ella.

IX

La vista de la Villa era increíble desde allá arriba, parecía estar suspendida en el tiempo con sus montañas y su lago como testigos inertes de su lento andar por la historia, ese fue siempre su lugar de encuentro de niños para hablar de sus sueños y planes, largas horas solían pasar en la colina sur y la misma se convirtió para ellos en un refugio de visita obligatoria cada vez que volvían a su terruño natal.

Él tenía ya tres meses viviendo fuera del país, había finalmente renunciado a vivir una vida calcada y tomó rumbo a cumplir sus sueños, en ese tiempo recorrió parte del Sur de América y exploró parajes y lugares maravillosos que no sabía que existían. Finalmente y como una visita obligada de su trasegar, volvió a La Villa un Veinticinco de octubre e inmediatamente subió a la colina.

Anna estaba allí, a pocas horas de su matrimonio, sentada contemplando el cansino trasegar de su Villa, esperándolo. Era una cita acordada, sin palabras, con la historia, con su historia.

Se sentó a su lado y en ese instante todo pareció detenerse por completo a su alrededor, las personas en La Villa no se movían y las nubes detuvieron su paso por el cielo, aún el fuerte viento que bajaba de la colina cesó en ese momento.

- Fue uno de esos fenómenos indetectables por los instrumentos de la ciencia, pero que ciertamente ocurrieron y puedo dar fe de ello - insistió el abuelo Sergio a su incrédula nieta. Yo sabía que era el momento de decir adiós. La miré una última vez tratando de grabar en mi memoria su rostro y quedarme perdido en sus grandes ojos azules.

Finalmente, después de unos minutos eternos a su lado le dijo con la voz entrecortada:

- debo dejarte ir, nuestros caminos toman hoy rumbos diferentes, tú has sido fundamental en mi vida, daré siempre gracias a Dios por conocerte y toda mi vida te llevaré presente aún en la distancia.

- Deseo que seas feliz, que vivas la vida un día a la vez, cada día como el último, que sueñes y cumplas tus sueños, que despiertes cada mañana recibiendo el día como el más preciado de los regalos del buen Dios. La vida no se trata de cumplir un guión escrito de nacer, crecer, trabajar, reproducirse y morir... la vida es una aventura y espero de todo corazón que algún día puedas vivirla de esa

manera, tal y como la soñamos una
vez

Ella lo escuchó en completo silencio mientras
las lágrimas corrían por sus mejillas. Él se le
acercó la abrazó y besó su frente mientras
ella cerraba los ojos apretándolos con fuerza,
le dijo adiós al oído y partió con rumbo a La
Villa mientras ella veía inconsolable como se
alejaba.

- Fue la última vez que la vi - Continuó
  diciendo su abuelo - Yo estuve unos
  días más en La Villa visitando
  familiares y a la semana partí con
  rumbo a mi nueva vida, esa que inició
  con mi viaje a Argentina tres meses
  atrás.

- ¿Alguna vez supiste que fue de su vida?- preguntó Sofia
- Muchos años después recibí una carta de ella donde me contaba que, después de años de vivir con la insatisfacción de sentirse presa en su propia existencia, finalmente había dado el salto, su esposo fue de gran apoyo en ese proceso, pero me decía en la carta que no lo hubiese logrado sin ver mi ejemplo y mi coraje. Me agradeció por ello y me dijo que en la distancia siempre estaría yo también presente en su vida. Después de eso poco y nada volví a saber de ella.

X

Su nieta, con la mirada clavada en el suelo y la foto aún entre sus manos, trataba de comprender toda la historia que él le había contado, atenta había escuchado cada palabra y había vivido y recorrido en su mente todos los detalles, finalmente, después de procesar algunos minutos la información recibida, con algo de intriga y un poco confundida preguntó:

-   Pero abuelo, ¿y entonces cómo conociste a la abuela?

Él sonrió, puso su mano sobre la cabeza de su curiosa nieta y le dijo

- No te adelantes hija, ya llegaremos a esa parte.